I0591233

Un pobre hombre rico
o
El sentimiento cómico de la vida

Miguel de Unamuno

Un pobre hombre rico
o
El sentimiento cómico de la vida

Miguel de Unamuno

ESMERALDA
PUBLISHING

Dilectus meus misit manum suam per foramen,
et venter meus intremuit ad tactum eius.

Cantica Canticorum, V, 4.

Emeterio Alfonso se encontraba a sus veinticuatro años soltero, solo y sin obligaciones de familia, con un capitalillo modesto y empleado a la vez en un Banco. Se acordaba vagamente de su infancia y de cómo sus padres, modestos artesanos que a fuerza de ahorro amasaron una fortunita, solían exclamar al oírle recitar los versos del texto de retórica y poética: "¡Tú llegarás a ministro!". Pero él, ahora, con su rentita y su sueldo no envidiaba a ningún ministro.

Era Emeterio un joven fundamental y radicalmente ahorrativo. Cada mes depositaba en el Banco mismo en que prestaba sus servicios el fruto de su ahorro mensual. Y era ahorrativo, lo mismo que en dinero, en trabajo, en salud, en pensamiento y en afecto. Se limitaba a cumplir, y no más, en su labor de oficina bancaria, era aprensivo y se servía de toda clase de preservativos, aceptaba todos los lugares comunes del sentido también común, y era parco en amistades. Todas las noches al acostarse, casi siempre a la misma hora, ponía sus pantalones en esos aparatos que sirven para mantenerlos tersos y sin arrugas.

Asistía a una tertulia de café donde reía las gracias de los demás y él no se cansaba en hacer gracia. El único de los contertulios con quien llegó a trabar alguna intimidad fue Celedonio Ibáñez, que le tomó de "¡oh, amado Teótimo!" para ejercer sus facultades. Celedonio era discípulo de aquel extraordinario Don Fulgencio Entrambosmares del Aquilón de quien se dio prolija cuenta en nuestra novela *Amor y Pedagogía*.

Celedonio enseñó a su admirador Emeterio a jugar al ajedrez y le metió en el arte entretenido, inofensivo, honesto y saludable de descifrar charadas, jeroglíficos, logogrifos, palabras cruzadas y demás problemas inocentes. Celedonio, por su parte, se dedicaba a la economía pura, no a la política, con cálculo diferencial e integral y todo. Era el consejero, casi el confesor de Emeterio. Y este estaba al tanto del sentido de lo que pasaba por los comentarios de Celedonio, y en cuanto a lo que pasaba sin sentido, enterábase de ello por *La Correspondencia de España*, que leía a diario, cada noche, al acostarse. Los sábados se permitía ir al teatro, pero a ver comedias o sainetes, no dramas.

Tal era, por fuera, en la exterioridad, la vida apacible y metódica de Emeterio; en la interioridad, si es que no en la intimidad, era un huésped, huésped de la casa de pupilos de Doña Tomasa. Su interioridad era la hospedería, la casa de huéspedes; esta su hogar y su única familia sustitutiva.

El personal de la casa de huéspedes, compuesto de viajantes de comercio, estudiantes, opositores a cátedras y gentes de ocupaciones ambiguas, se renovaba frecuentemente. El pupilo más fijo era él, Emeterio, que iba acercándose desde la interioridad a la intimidad de la casa de Doña Tomasa.

El corazón de esta intimidad era Rosita, la única hija de Doña Tomasa, la que le ayudaba a llevar el negocio y la que servía a la mesa a los huéspedes con gran contento de estos. Porque Rosita era fresca, apetitosa y aperitiva y hasta provocativa. Se resignaba sonriente a cierto discreto magreo, pues sabía que las tentarujas encubrían las deficiencias de las chuletas servidas, y aguantaba los chistes verdes y aun los provocaba y respondía. Rosita tenía veinte años floridos. Y entre los huéspedes, al que en especial dedicaba sus pestañeos, sus caídas de ojos, era a Emeterio. "¡A ver si le pescas...!", solía decirle su madre, Doña Tomasa, y ella, la niña: "O si le cazo...". "¿Pero es que es carne o pescado?". "Me parece, madre que no es carne ni pescado, sino rana". "¿Rana? Pues encandílale, hija, encandílale, ¿para qué quieres, si no, esos ojos?". "Bueno, madre, pero no haga así de encandiladora, que me basto yo sola". "Pues a ello, ¿eh?, ¡y tacto!". Y así es cómo Rosita se puso a encandilar a Emeterio, o Don Emeterio, como ella le llamaba siempre, encontrándole hasta guapo.

Emeterio trataba a la vez, ahorrativamente, de aprovecharse y de defenderse, porque no quería caer de primo. Escocíale, además —además de otros escocimientos—, que los huéspedes seguían con sonrisas que a él, a Emeterio, se le antojaban compasivas, las maniobras y ojeadas de Rosita;

todos, menos Martínez, que las miraba con toda la seriedad de un opositor a cátedras de psicología que era. "Pero no, no, a mí no me pesca —se decía Emeterio— esta chiquilla; ¡cargar yo con ella y con Doña Tomasa encima! ¡El buey suelto bien se lame... buey... buey... pero no toro!".

—Además —le decía Emeterio, y como en confesión, a Celedonio—, esa chiquilla sabe demasiado. ¡Tiene una táctica...!

—Pues tú, Emeterio, contra táctica... ¡tacto!

—Al contrario, Celedonio, al contrario. Su táctica sí que es tacto, táctica de tacto. ¡Si vieras cómo se me arrima! Con cualquier pretexto, y como quien no quiere la cosa, a rozarme. Me quiere seducir, no cabe duda. Y yo no sé si a la vez...

—¡Vamos, Emeterio, que los dedos se te antojan huéspedes!

—Al revés, son los huéspedes los que se me antojan dedos. Y luego ese Martínez, el opositor de turno, que se la come con los ojos mientras masculla el bisteque, y a quien parece que le tiene como sustituto por si yo le fallo.

—¡Fállala, pues, Emeterio, fállala!

—Y si vieras las mañas que tiene... Una vez, cuando empezaba yo a leer el folletín de *La Corres*, se me metió en el cuarto, y haciendo como que se ruborizaba, ¡qué colores!, dijo: "¡Ay, perdone, Don Emeterio, me había equivocado...!".

—¿Te trata de don?

—Siempre. Y cuando alguna vez le he dicho que deje el don, que me llame Emeterio a secas, ¿sabes lo que me ha respondido? Pues: "¿A secas? A secas, no, Don Emeterio, con don...". Y eso de fingir que se equivoca y metérseme en el cuarto...

—Estás en casa de su madre, Doña Tomasa, y me temo que como dice la Escritura no te meta en el cuarto de la que la parió...

—¿La Escritura? ¿Pero la Sagrada Escritura dice esas cosas...?

—Sí, es del místico *Cantar de los Cantares* en que, como en un ombligo, han bebido tantas almas sedientas de amor trasmundano. Y esto del ombligo en que se bebe es también, por supuesto, bíblico.

—Pues tengo que huir, Celedonio, tengo que huir.

Esa chiquilla no me conviene para mujer propia...

—¿Y ajena?

—Y de todos modos, ¡líos no, líos no! O hacer las cosas como Dios manda, o no hacerlas...

—Sí, y Dios manda: ¡creced y multiplicaos! Y tú, por lo que se ve, no quieres multiplicarte.

—¿Multiplicarme? Hartas multiplicaciones hago en el Banco. ¿Multiplicarme?, ¡por mí mismo!

—Vamos, sí, elevarte al cubo. ¡Vaya una elevación!

Y, en efecto, todo el cuidado de Emeterio era defenderse de la táctica envolvente de Rosita.

—Vaya —llegó una vez a decirle—, ya veo que tratas de encandilarme, pero es trabajo perdido...

—¿Pero qué quiere usted decirme con eso, Don Emeterio?

—¡Aunque perdido no! Porque luego me voy por ahí y... ¡a tu salud, Rosita!

—¿A mi salud? Será a la suya...

—Sí, a la mía, pero con precauciones...

¡Pobre Emeterio! Rosita le cosía los botones que se le rompían, por lo cual él dejaba que se le rompieran; Rosita solía hacerle la corbata diciéndole: "Pero venga usted acá, Don Emeterio; ¡qué Adán es usted!... venga a que le ponga bien esa corbata..."; Rosita le recogía los sábados la ropa sucia, salvo alguna prenda que alguna vez él hurtaba para llevársela a la lavandera. Rosita le llevaba a la cama el ponche caliente cuando alguna vez tenía que acostarse más temprano por causa de catarro. Él, en cambio, llegó algún sábado a llevarla al teatro, a ver algo de reír.

Un día de Difuntos la llevó a ver el *Tenorio*. "¿Y por qué, Don Emeterio, se ha de dar esto el día de Difuntos?". "Pues por el Comendador...". "Pero ese Don Juan me parece un panoli".

Y con todo ello, Emeterio, el ahorrativo, no caía.

—Para mí —le decía Doña Tomasa a su hija— que este panoli tiene por ahí algún lío...

—¡Qué ha de tenerlo, madre, qué ha de tenerlo! ¿Líos él? Lo habría yo olido...

—Y si la prójima no se perfuma...

—Le habría olido a prójima sin perfumar...

—¿Y una novia formal?

—¿Novia formal él? Menos.

—¿Pues entonces?

—Que no le tira el casorio, madre, que no retira...

—Le tirará otra cosa...

—¿Comprometerse él?, ¡qué va!

—Pues entonces, hija, estamos haciendo el paso, y tú no puedes perder así el tiempo. Habrá que recurrir a Martínez, aunque apenas si es proporción. Y di, ¿qué librejos son esos que te ha dado a leer...?

—Nada, madre, paparruchas que escriben sus amigos.

—Mira a ver si le da a él por escribir noveluchas de esas y nos saca en alguna de ellas a nosotras...

—¿Y qué más querría usted, madre?

—¿Yo?, ¿verme yo en papeles?

Por fin Emeterio, después de haberlo tratado y consultado con Celedonio, acordó huir de la tentación. Aprovechó para ello unas vacaciones de verano para irse a un balneario a ahorrar salud, y al volver a la Corte, a restituirse a su Banco, trasladarse con su mundo a otra casa de huéspedes. Porque su mundo, su viejo mundo, lo dejó, al irse de veraneo, en casa de Doña Tomasa y como en prenda, llevándose no más que una maleta consigo. Y al volver no se atrevió ni a ir a despedirse de Rosita, sino que, con una carta, mandó a pedir su mundo.

¡Pero lo que ello le costó! ¡Las noches de pesadillas que le atormentó el recuerdo de Rosita! ¡Ahora era cuando comprendió cuán hondamente prendado quedó de ella, ahora era cuando en la oscuridad del lecho le perseguía aquel pestañeo llamativo! "Llamativo —se decía— porque me llama, porque es de llama, de llama de fuego y también porque sus ojos tienen la dulzura peligrosa de los de la llama del Perú... ¿He hecho bien en huir? ¿Qué de malo hay en Rosita? ¿Por qué le he cobrado miedo? El buey suelto... pero me parece que los lametones del buey son peores para la salud...".

—Duermo mal y sueño peor —le decía a Celedonio—, me falta algo, me siento ahogar...

—Te falta la tentación, Emeterio, no tienes con quién luchar.

—Es que no hago sino soñar con ella, y ya Rosita se me ha convertido en pesadilla...

—¿Pesadilla, eh?, ¿pesadilla?

—No puedo olvidar, sobre todo, su caída de ojos, su pestañeo...

—Te veo en camino de escribir un tratado de estética.

—Mira, no te lo he dicho antes. Tú sabes que tengo siempre en mi cuarto un calendario americano, de esos de pared, para saber el día en que estoy...

—Será para descifrar la charada o el jeroglífico de cada día...

—También, también. Pues el día en que salí de casa de Doña Tomasa llevándome, ¡claro!, el calendario en el fondo del viejo mundo, no arranqué la hoja...

—¡Renunciando a la charada de aquel día solemne!

—Sí, no la arranqué, y así seguí y así la tengo aún.

—Pues eso me recuerda, Emeterio, lo de aquel recién casado que al morírsele la mujer dio un golpe al reló, un golpecito, lo hizo pararse y siguió con él, marcando aquel trágico momento, las siete y trece, parado y sin arreglarlo.

—No está mal, Celedonio, no está mal.

—Pues yo creo que habría estado mejor que en aquel momento le hubiese arrancado al reló el minutero y el horario, pero siguiendo dándole cuerda, y así si le preguntaban: "¿Qué hora es, caballero?", poder responder: "¡Anda, pero no marca!", en vez de "¡Marca, pero no anda!". ¿Llevar un reló parado...?, ¡jamás! Que ande, aunque no marque hora.

Y continuó Emeterio cultivando la tertulia del café, riendo los chistes de los demás, yendo al teatro los sábados, llevando al fin de cada mes sus ahorros al Banco en que servía, ahorros que aumentaban con los relieves de los anteriores ahorros, y cuidando, con toda clase de precauciones ahorrativas, de su salud de soltero que bien se lame. Pero ¡qué vacío en su vida! No, no, la tertulia no era vida. Y aun uno de los contertulios, el más chistoso y ocurrente, un periodista, se le presentó un día en el Banco a darle un sablazo, y como él se negara, le espetó: "¡Usted me ha estafado!". "¿Yo?". "¡Sí, usted, porque a la tertulia va cada uno en su concepto y da lo que tiene; yo le he hecho reír, le he divertido; usted nada dice allí, usted no va más que como hombre acomodado; acudo a usted en su concepto y se me niega, luego usted me ha estafado, usted me ha estafado!". "Pero es que yo, señor mío, no voy allá como rico, sino como consumidor...". "¿Consumidor de qué?". "¡De chistes! ¡He reído los de usted, y en paz!". "Consumidor... consumidor... ¡Lo que hace usted es consumirse!". Y así era la verdad.

¡Y la nueva casa de huéspedes!

—¡Qué casa, Celedonio, qué casa! Aunque eso no es casa; es mesón o posada o parador. ¡La de Doña Tomasa sí que era casa!

—Sí, una casa de pupilos.

—Y esta una casa de pupilas, porque ¡qué criadas!, ¡qué bestias! Al fin Rosita era una hija de la casa, una hija de casa y en la suya no tuve que rozarme con criadas...

—¿Con pupilas, quieres decir?

—¡Pero en este mesón! Ahora hay una Maritornes que se empeña en freír los huevos nadando en aceite, y cuando al traérmelos a la mesa se lo reprendo, me sale con que eso es *ipa untar*! ¡Figúrate!

—Claro, Rosita freía los huevos como hija de casa...

—¡Pues claro!, cuidando por mi salud; pero estas

bestias... Y luego se ha empeñado en ponerme el mundo pegado a la pared, con lo cual, ya ves, no se puede abrir bien, porque mi mundo es de esos antiguos que tienen la cubierta en comba...

—Vamos, sí, como el cielo, cóncava-convexa.

—¡Ay, Celedonio, por qué dejé aquella casa!

—Quieres decir que en esta casa no se te encandila...

—Esta no tiene nada de hogar... de fogón...

—¿Y por qué no vas a otra?

—Todas son iguales...

—Depende del precio. Según el precio, el trato.

—No, no, en casa de Doña Tomasa no me trataban según el precio, sino como de la casa...

—Claro, no era para ti una casa de trato. Es que iban tras de otra cosa.

—Con buen fin, Celedonio, con buen fin. Porque empiezo a darme cuenta de que Rosita estaba enamorada de mí, sí, como lo oyes; enamorada de mí desinteresadamente. Pero yo... ¿por qué salí?

—Preveo, Emeterio, que vas a volver a casa de Rosita...

—No, ya no, no puede ser. ¿Cómo explico mi vuelta?, ¿qué dirán los otros huéspedes?, ¿qué pensará Martínez?

—Martínez no piensa, te lo aseguro; se prepara a explicar psicología...

Algún tiempo después contaba Emeterio:

—¿Sabes, Celedonio, con quién me encontré ayer?

—Con Rosita, ¡claro! ¿Iba sola?

—No, no iba sola; iba con Martínez, ya su marido; pero además, ella, Rosita, su persona, no iba sola...

—No te entiendo; como no quieras decir que iba acompañada, o sea en estado calamocano...

—No, iba en lo que llaman estado interesante. Ella misma se apresuró a decírmelo, y con qué mirada de triunfo, con qué pestañeo de arriba abajo: "Estoy, ya lo ve usted, Don Emeterio, en estado interesante". Y me quedé pensando cuál será el interés de ese estado.

—¡Claro!, observación muy natural de parte de un empleado de banca. En cambio, el otro, Martínez, sería curioso saber qué piensa de ese estado en relación con la psicología, lógica y ética. Y bien, ¿qué efecto te causó todo ello?

—¡Si vieras...! Rosita ha ganado con el cambio...

—¿Con qué cambio?

—Con el cambio de estado; se ha redondeado, se ha amatronado... Si vieras con qué majestuosa solemnidad caminaba apoyándose en el brazo de Martínez...

—Y tú, de seguro, te quedaste pensando: "¿Por qué no caí?, ¿por qué no me tiré... de cabeza al matrimonio?". Y te arrepentiste de tu huida, ¿no es así?

—Algo hay de eso, sí, algo hay de eso...

—¿Y Martínez?

—Martínez me miraba con una sonrisa seria y como queriendo decirme: "¿No la quisiste?, ¡es ya mía!".

—Y suyo el crío...

—O cría. Porque si hubiera sido mío, saldría crío, pero... ¿de Martínez?

—Me parece que sientes ya celos de Martínez...

—¡Qué torpe anduve!

—¿Y Doña Tomasa?

—¿Doña Tomasa? Ah, sí; Doña Tomasa se murió,

y eso parece ser que le movió a Rosita a casarse para poder seguir teniendo la casa con respeto...

—¿Y así Martínez pasó de pupilo a pupilero?

—Cabal, pero siguiendo dando sus lecciones particulares y haciendo sus oposiciones. Y ahora, parece providencial, ha ganado por fin cátedra y se va a ella con su mujer y con lo que esta lleva consigo...

—¡Lo que te has perdido, Emeterio!

—¡Y lo que se ha perdido Rosita!

—¡Y lo que ha ganado Martínez!

—¡Pse!, ¡una cátedra de tres al cuarto! Pero yo ya no tendré hogar, viviré como un buey suelto... lamiéndome... ¿Qué vida, Celedonio, qué vida!

—¡Pero si lo que sobran son mujeres...!

—¡Como Rosita, no; como Rosita, no! ¡Y lo que ha ganado con el cambio!

—Una cátedra también.

—Te digo, Celedonio, que ya no soy hombre.

Y, en efecto, toda la vida íntima, toda la oculta intimidad del pobre Emeterio Alfonso —Alfonso era apellido, por lo que Celedonio le aconsejaba que se firmase Emeterio de Alfonso, con un *de* de nobleza—, toda su vida íntima se iba sumiendo en una sima de mortal indiferencia. Ya ni le hacían gracia los chistes ni gozaba en descifrar charadas, jeroglíficos y logogrifos; ya la vida no tenía encantos para él. Dormía, pero su corazón velaba, como dice místicamente el *Cantar de los Cantares*, y la vela de su corazón era el ensueño. Dormía su cabeza, pero su corazón soñaba. En la oficina hacía cuentas con la cabeza dormida mientras su corazón soñaba con Rosita, y con Rosita en estado interesante. Así tenía que calcular intereses ajenos. Y sus jefes le tuvieron que llamar la atención sobre ciertas equivocaciones. Una vez le llamó Don Hilarión y le dijo:

—Quería hablar con usted, señor Alfonso.

—Diga, Don Hilarión.

—No es que no estemos satisfechos de sus servicios, señor Alfonso, no. Es usted un empleado modelo, asiduo, laborioso, discreto. Y además es usted cliente del Banco. Aquí es donde deposita usted sus ahorros. Y por cierto que se va usted fraguando una fortunilla regular. Pero me permitirá usted, señor Alfonso, una pregunta, no de superior jerárquico, sino casi de padre...

—No puedo olvidar, Don Hilarión, que fue usted íntimo amigo de mi padre y que a usted más que a nadie debo este empleíllo que me permite ahorrar los intereses de lo que me dejó aquel; usted, pues, tiene derecho a preguntarme lo que guste...

—¿Para qué quiere usted ahorrar así y hacerse rico?

Emeterio se quedó atolondrado como ante un golpe que no se sabe de dónde viene ni adónde va. ¿Qué se proponía Don Hilarión con esa pregunta?

—Pues... pues... no sé —balbució.

—¿Es ahorrar por ahorrar? ¿Hacerse rico para ser

rico?

—No sé, Don Hilarión, no sé... me entusiasma el ahorro...

—¿Pero ahorrar un soltero y... sin obligaciones?

—¿Obligaciones? —Y Emeterio se alarmó—. No, no tengo obligaciones; le juro, Don Hilarión, que no las tengo...

—Pues entonces no me explico...

—¿Qué es lo que no se explica usted, Don Hilarión?, dígamelo claro.

—Sus frecuentes distracciones, las equivocaciones que de algún tiempo acá se le escapan en sus cuentas. Y ahora, un consejo.

—El que usted me dé, Don Hilarión.

—Lo que a usted le conviene, señor Alfonso, para curarse de esas distracciones es... ¡casarse! Cásese usted, señor Alfonso, cásese usted. Nos dan mejor rendimiento los casados.

—¿Pero casarme yo, Don Hilarión?, ¿yo? ¿Emeterio Alfonso? ¿Casarme yo? ¿Y con quién?

—¡Piénselo bien en vez de distraerse tanto, y cásese, señor Alfonso, cásese!

Y entró Emeterio en una vida imposible, de profunda soledad interior. Huía de la tertulia tradicional y se iba a cafés apartados, de los arrabales, donde nadie le conocía ni él a nadie. Y observaba con tristeza, sobre todo los domingos, aquellas familias de artesanos y de pequeños burgueses —acaso alguno catedrático de psicología— que iban, el matrimonio con sus hijos, a tomar café con media tostada oyendo el concierto popular de piano. Y cuando veía que la madre limpiaba los mocos a uno de sus pequeñuelos, se acordaba de los cuidados maternales, sí, maternales, que solía tener con él la Rosita en casa de Doña Tomasa. Y se iba con el pensamiento a la oscura y apartada ciudad provinciana en que Rosita, su Rosita, distraía las distracciones de Martínez para que este pudiese enseñar psicología, lógica y ética a los hijos de otros y de otras. Y cuando al volverse a su... casa, no, no casa, sino mesón o parador, al atravesar alguna de aquellas sórdidas callejas, una voz que salía del embozo de un mantón le decía: "¡Oye, rico!", decíase él a sí mismo mientras huía: "¿Rico?, ¿y para qué rico? Tiene razón Don Hilarión, ¿para qué rico? ¿Para qué los intereses de mis ahorros si no he de ayudar a un estado interesante? ¿Para comprar papel del Estado? Pero es que este Estado no me es interesante, no me interesa... ¿Por qué hui, Dios mío?, ¿por qué no me dejé caer?, ¿por qué no me tiré?, ¡y de cabeza!".

Aquello no era ya vivir. Y dio en corretear las calles, en bañarse en muchedumbre suelta, en ir imaginándose la vida interior de las masas con quienes cruzaba, en desnudarles no solo el cuerpo, sino el alma con la mirada. "Si supiera yo —se decía— la psicología que sabe Martínez... Ese Martínez a quien le he casado yo con Rosita. Porque no cabe duda que he sido yo, yo, quien les ha casado... Mas, en fin, que sean felices y que gocen de buena salud, que es lo que importa... ¿Se acordarán de mí? ¿Y cuándo?".

Dio primero en seguir a las tobilleras, luego a los que las seguían tras los tobillos, después en oír los chicoleos y las respuestas de ellas, y por último en perseguir parejas. ¡Lo que gozaba viéndolas bien aparejadas! "Vaya —se decía—, a esta ya le dejó el novio... o lo que sea... ya va sola, pero pronto vendrá otro... Estos me parece que han cambiado con aquellos otros; ¿es una nueva combinación...?, ¿cuántas combinaciones binarias caben entre cuatro términos?... Se me empiezan a olvidar las matemáticas...".

—Pero hombre —le dijo un día Celedonio al encontrarle en uno de aquellos callejeos investigativos en una de aquellas investigaciones callejeras—, pero hombre, ¿sabes que empiezas a hacerte popular entre novios y novias?

—¿Cómo así?

—Que ya te han conocido el flaco; se divierten mucho con él y te llaman el inspector de noviazgos. Y todos dicen: ¡Pobre hombre!

—Pues, mira, sí, me tira esto, no puedo negártelo. Sufro cuando veo que algún mocito deja a su mocita por otra, y cuando estas tienen que cambiar de mozo y cuando una que lo merece no encuentra quien le diga: ¡Por ahí te pudras!, y aunque se ponga papel no le llega inquilino.

—O huésped.

—Como quieras. Sufro mucho, y si no fuera por lo

que es, pondría agencia de matrimonios o me haría casamentero.

—U otra cosa...

—Lo mismo me da. Y haciéndolo como yo, por amor al prójimo, por caridad, por humanidad, no creo que ello sea desdoroso...

—¡Qué ha de serlo, Emeterio, qué ha de serlo! Recuerda que Don Quijote, caballero que es el dechado y colmo del desinterés, dice que "no es así como se quiera el oficio de alcahuete, que es oficio de discretos y necesarísimo en la república bien ordenada, y que no le debía ejercer sino gente muy bien nacida, y aun había de haber veedor y examinador de los tales...", y todo lo demás que dice al respecto, que ya no me acuerdo...

—Pues, sí, sí, Celedonio, me tira eso, pero por el arte; el arte por el arte, por puro desinterés, y ni tampoco para que la república esté bien ordenada, sino para que ellos gocen mejor y yo goce viéndolos y sintiéndolos gozosos.

—Y es natural que Don Quijote sintiese debilidad por los alcahuetes y por otras gentes. Recuerda qué caritativas, qué maternales estuvieron con él las mozas que llaman del partido, y la caritativa Maritornes, que sabía echar a rodar la honestidad cuando se trataba de aliviar la flaqueza del prójimo. ¿O es que crees que Don Quijote es como esos señores de la Real Academia de la Lengua Española que dicen que la ramera es "mujer que hace ganancia de su cuerpo, entregada vilmente al vicio de la lascivia"? Porque la ganancia es una cosa y la lascivia es otra. Y las hay que ni por ganancia ni por lascivia, sino por divertirse.

—Sí, por deporte.

—Como tú, por deporte y no por ganancia ni por lascivia, ¿no es así?, a eso de seguir parejas...

—Te juro que...

—Sí, la cuestión es pasar el rato, sin adquirir compromisos serios. Y tú siempre has huido de los compromisos. Es más divertido comprometer a los demás.

—Y mira, me da una pena cuando veo a una muchacha que lo vale cambiar de novios y no sujetar a ninguno...

—Eres un artista, Emeterio. ¿No has sentido nunca vocación al arte?

—Sí, en un tiempo me dio por modelar...

—Ah, sí, te gustaba manosear el barro...

—Algo había de eso...

—Divino oficio el de alfarero, que así dicen que hizo Dios al primer hombre, como a un puchero...

—Pues a mí, Celedonio, me gustaría más el de restaurar ánforas antiguas...

—¿Apañacuencos? ¿Qué, con lañas?

—Hombre, no, eso de la laña es una grosería. Pero figúrate tú cojer un ánfora...

—Llámale botijo, Emeterio.

—¡Bueno, cojer un botijo hecho cachos y dejarlo como nuevo...!

—Te repito que eres todo un artista, Emeterio. Deberías poner una cacharrería.

—Y di, Celedonio, cuando Dios le rompió una costilla a Adán para hacer con ella a Eva, ¿se la compuso luego?

—Me figuro que sí. ¡Después de manosearla, claro!

—En fin, Celedonio, que no lo puedo remediar, que me tira el oficio ese que tan necesario le parece a Don Quijote, que no es tampoco por gusto de manoseo...

—No, tú te dedicas al ojeo...

—Es más espiritual.

—Así parece.

—Y alguna vez, pensando en mi soledad, se me ha ocurrido que yo debía haberme hecho cura...

—¿Para qué?

—Para confesar...

—¡Ah, sí! ¿Para que se desnudasen el alma ante ti...?

—Me acuerdo cuando iba yo a confesarme siendo chico, y el cura, entre sorbo y sorbo de rapé, me preguntaba: "Sin mentir, sin mentir, ¿cuántas, cuántas veces?". Pero yo no podía desnudarle nada. Ni siquiera le entendía.

—Y ahora, ¿entiendes más?

—Mira, Celedonio, lo que ahora me pasa es que...

—Es que te aburres soberanamente...

—Algo peor, algo peor...

—Claro, viviendo en esa soledad...

—En la soledad de mis recuerdos de la casa de huéspedes de Doña Tomasa...

—¡Siempre Rosita!

—Siempre, sí, siempre Rosita...

Y se separaron.

Una de aquellas observaciones en excursiones furtivas le dejó una impresión profunda. Y fue que al meterse un anochecer en un café de barrio, a poco de entrar en él entró una moza, larga de uñas, de pestañas —¡como Rosita!—; aquellas, las uñas, teñidas de rojo, y negras las pestañas bajo las cejas afeitadas y luego teñidas de negro, pestañas como uñas de los párpados henchidos y amoratados, en acorde con los labios de su boca, henchidos y amoratados también. "¡Pestañuda!", se dijo Emeterio. Y se acordó de lo que le había oído decir a Celedonio—que era erudito— de cierta planta carnívora, la drosera, que con una especie de pestañas apresa a pobres insectos atraídos por su flor y les chupa el jugo. Entró la pestañuda contoneándose, hurgó el recinto con sus ojos, resbaló su mirada por Emeterio y echó un pestañazo a un vejete calvo que sorbía poco a poco su leche con café, después de haberse engullido media tostada. Le lanzó las uñas de sus párpados en guiñada, a la vez que se humedecía los hinchados labios con la lengua. Al vejete se le encendió la calva, poniéndosele del color de las uñas de los dedos de la moza, y mientras esta se salivaba los amoratados labios él se tragaba en seco —¡así!— la saliva. Ladeó ella la cabeza y alzándose como por resorte, se salió. Y tras ella, rascándosela nariz como por disimulo, y a rastras de las pestañas de la pestañuda, él, el pobre del café con leche. Y tras de los dos, todo transido, Emeterio, que se decía: "¿Tendrá razón Don Hilarión?".

Y así corrían los años y Emeterio vivía como una sombra errante y ahorrativa, como un hongo, sin porvenir y ya casi sin pasado. Porque iba perdiendo la memoria de este. Ya no frecuentaba a Celedonio y casi le huía. Sobre todo desde que Celedonio se había casado con la criada.

—¿Pero qué es de ti, Emeterio? —le preguntó aquel una vez que se encontraron—, ¿qué es de ti?

—Mira, chico, no lo sé. Ya no sé quién soy.

—¿Y antes lo sabías?

—Ya no sé ni si soy... Vivo...

—Y te enriqueces, me dicen...

—¿Enriquecerme?

—Y de Rosita, ¿qué es? Porque él, Martínez, produjo ya lo más que pudo producir...

—¿Qué, más estados interesantes? ¿Más hijos?

—No, sino una vacante en el escalafón...

—¿Qué? ¿Se murió?

—Sí, se murió, dejando a Rosita viuda y con una hija. Y tú también, Emeterio, producirás algún día una vacante... en el Banco.

—¡Calla, calla, no hables de eso!

Y Emeterio huyó, pensando en la vacante. Y ya toda su preocupación, bajo la sombra nebulosa en que se le iban fundiendo sus ajados recuerdos, era la vacante. Y para distraerse, para olvidar que envejecía, para no pensar en que un día habría de jubilarse —¡jubilado y buey suelto, buey jubilado!—, recorría las calles buscando, con mirada ansiosa, alguna imagen a que agarrarse. "Jubilado y buey —se decía—, ¡vaya un júbilo! ¿Y qué jubilación le habrá quedado, aparte de su hija, a Rosita?".

Hasta que un día, de pronto, como en súbita revelación providencial, el corazón se le desveló, le dio un vuelco y sintió que renacía el pasado que pudo haber sido y no fue, que renacía su exfuturo. ¿Quién era aquella aparición maravillosa que llenó la calle como un aroma de selva virgen? ¿Quién era aquella mocita arrogante, de llamativa mirada, que iba rejuveneciendo a los que la miraban? Y se puso a seguirla. Y ella, que se sintió seguida, pisó más fuerte y alguna vez volvió la cabeza, con en los ojos una mirada toda sonrisa, jubilosa sonrisa de lástima al ver al que la miraba. "Esta mirada —se dijo Emeterio— me llega de otro mundo..., sí, me parece como si me llegara de mi viejo mundo, de aquel donde me aguarda el calendario de antaño".

Pero ya tenía una ocupación, y era seguir a la aparición misteriosa, averiguar dónde vivía, quién era y... ¡Ay, aquella terrible vacante por jubilación o por...! ¡Y aquellas distracciones al calcular los intereses ajenos!

A los pocos días, en sus correrías por los barrios en que la aparición se le apareció, vio a esta acompañada de un mocito. Y se le representó, no sabía bien por qué, Martínez. Y sintió celos. "Vaya, me voy volviendo chocho —se dijo—. ¡Esa jubilación en puerta...! ¡Esa vacante!".

Pocos días después se encontró con Celedonio.

—¿Sabes, Celedonio, a quién he encontrado ayer?

—Claro está que lo sé: ¡a Rosita!

—¿Y cómo lo has sabido?

—Basta verte la mirada. Porque te encuentro rejuvenecido, Emeterio.

—¿De veras? Pues así es.

—¿Y cómo la encontraste?

—Pues mira, hace ya días, en uno de mis vagabundeos callejeros, di con una aparición divina, te digo, Celedonio, que divina... con una mocita toda llama en los ojos, toda vida, toda...

—Deja el *Cantar de los Cantares*, y al caso.

—Y di en seguirla. Sin sospechar, ¡claro!, quién era. Aunque acaso me lo decía el corazón, una corazonada me lo decía, sin que se lo entendiera bien, ese... ese...

—Sí, lo que Martínez, su padre, llamaría el subconsciente...

—Pues sí, el subcociente ese...

—*Subconsciente*, se dice...

—Pues el subcociente me lo decía, pero yo... sin entenderle. Y la vi con un mocito, su novio, y sentí celos...

—Sí, de Martínez.

—Y hasta me propuse desbancar al mocito...

—A quien van a desbancarte es a ti, Emeterio.

—No me recuerdes la jubilación, que ahora todo mi corazón es júbilo. Claro que yo me decía: "Mira, Emeterio, a ver si ahora, a tus cincuenta pasados, vas a caer con una chiquilla que puede muy bien ser tu hija... Mira, Emeterio...".

—Bien, ¿y en qué se quedó ello?

—En que ayer, al llegar, siguiendo a esa chiquilla divina, a la casa en que vive, me encuentro con que sale de ella Rosita en persona, ¡su madre! ¡Y si vieras cómo está! ¡Apenas si han pasado por ella los años!

—No, han pasado por ti... con sus intereses.

—¡Una jamona de cuarenta y seis y con chorreras! Sí, una señora de incierta edad... Y en cuanto me vio: "¡Dichosos los ojos, Don Emeterio...!". "¡Y tan dichosos, Rosita, tan dichosos!" —le respondí—. "¿Pero qué ojos?" —me preguntó—. Y nos pusimos a hablar, hasta que me invitó a subir a su casa...

—Y subiste y te presentó a su hija...

—¡Cabal!

—Siempre fue Rosita, lo sabes mejor que yo, mujer de táctica y maniobrera.

—¿Pero tú crees?

—Lo que yo creo es que estaba al tanto de tus seguimientos tras de su hija, y que ya que tú le escapaste, piensa cazarte o pescarte, y con tus intereses, para su hija...

—¡Verás, verás! Me presentó, en efecto, a su hija, a Clotilde, pero esta se nos fue en seguida, pretextando no sé qué, lo que me pareció que no le hacía mucha gracia a su madre...

—Claro, se iba tras de su novio...

—Y nos quedamos solos...

—Ahora empieza lo interesante.

—Y me contó su vida y su viudedad. Verás, a ver si recuerdo: "Desde que usted se nos escapó..." —empezó diciéndome—. Y yo: "¿Escaparme?". Y ella. "Sí, desde que se nos es... capó, yo quedé inconsolable, porque aquello, reconózcalo usted, Don Emeterio, no estuvo bien... no, no estuvo ni medio bien... Y al fin tuve que casarme. ¡Qué remedio!". "¿Y su marido?" —le dije—. "¿Quién, Martínez? ¡Pobrecillo! Un pobre hombre... pobre, que es lo peor...".

—Y ella, Emeterio, pensaba en tanto que un pobre hombre rico, como tú, es lo mejor...

—No lo sé. Y empezó a hacerme pucheros...

—Sí, pensando en el suyo y de su hija...

—Y me dijo de esta que es una alhaja, una joya...

—Sin montura...

—¿Qué quieres decir?

—Nada, que ahora trata de que la montes o engastes tú...

—¡Pero qué cosas se te ocurren, Celedonio!

—¡A ella, a ella!

—Creo que te equivocas al suponerla...

—No, si yo no supongo otra cosa sino que trata de colocar a su hija, de colocártela...

—Y si así fuese, ¿qué?

—Que ya has caído, Emeterio, que ya has caído, que ya te ha cazado o pescado.

—¿Y qué?

—Nada, que ahora puedes jubilarte.

—Y al acabar la visita me dijo: "Y ahora vuelva cuando quiera, Don Emeterio, esta es su casa".

—Y lo será.

—Depende de Clotilde.

—No, depende de Rosita.

Y, en efecto, empezó en tanto entre Rosita y su hija Clotilde una especie de duelo.

—Mira, hija mía, es preciso que lo pienses bien y te dejes de chiquillerías. Ese tu novio, ese Paquito, no me parece un partido, y, en cambio, Don Emeterio lo es...

—¿Partido?

—Sí, partido. Claro es que te lleva bastantes años, que podría muy bien, por su edad, ser tu padre; pero aún está de buen ver y, sobre todo, me he informado bien de ello, anda muy bien de caja...

—Y claro, como no pudiste, siendo tú como yo ahora, moza, encajártelo, me lo quieres encajar ahora... ¡*Pa'chasco*! ¿Vejestorios a mí? Y dime, ¿por qué le dejaste escapar?

—Como siempre ha sido muy ahorrativo, tenía la preocupación de la salud. Y yo no sé qué se le antojó si se casaba conmigo...

—Pues ahora, mamá, peor, porque a sus años y a los míos eso de la salud... que ya te lo entiendo... debe preocuparle más.

—Pues yo creo que no, que ahora ya no le preocupa la salud, sino todo lo contrario, y que debes aprovecharte de ello.

—Pues mira, mamá, yo soy joven, me siento joven y no quiero sacrificarme a hacer de enfermera para quedarme luego con un capitalito. No, no, yo quiero gozar de mi vida...

—¡Qué boba eres, hija mía! Tú no sabes lo de la cadena.

—¿Y qué es eso?

—Pues mira: tú te casas con este señor, que te lleva... bien, lo que te lleve..., le cuidas...

—Cuido de su salud, ¿eh?

—Pero no demasiado, no es menester que te sacrifiques. Lo primero es cumplir. Cumples...

—¿Y él?

—Él cumple, y te quedas viuda, hecha ya una matrona, en buena edad todavía...

—Como tú ahora, ¿no es eso?

—Sí, como yo; solo que yo no tengo sobre qué caerme muerta, mientras que tú, si te casas con Don Emeterio, te quedarás viuda en otras condiciones.

—Sí, y teniendo sobre quien caerme viva...

—Ahí está el toque. Porque entonces, viuda, rica y además de buen ver, porque tú vas a mí y has de ganar con los años..., viuda y rica puedes comprar al Paquito que más te guste.

—El cual, a su vez, me hereda los cuartos y se busca luego, Don Emeterio ya él, una Clotilde...

—Y así sigue, y esa es la cadena, hija mía.

—Pues yo, mamá, no me ato con ella.

—¿Es decir, que te emperras, o mejor te engatas con tu michino? ¿Y "contigo pan y cebolla"? Piénsalo bien, hija, piénsalo.

—Lo tengo pensado y repensado. ¡Con Don Emeterio, no! Ya sabré ganarme mi vida, si es preciso; nada de su caja.

—Mira, hija, que él está entusiasmado, chocho, chochito el pobre hombre, que es capaz de hacer por ti toda clase de locuras; mira que...

—Lo dicho, dicho, mamá.

—Bueno, y ahora, ¿qué le digo yo cuando vuelva? ¿Qué hago con él?

—Pues volver a encandilarlo.

—¡Pero, hija...!

—Usted me entiende, madre.

—Demasiado, hija.

Y volvió, ¡claro está!, Don Emeterio a casa de Rosita.

—Mire, Don Emeterio, mi hija no quiere oír hablar de usted...

—¿Ni hablar?

—Vamos, sí, que no quiere que se le miente lo del casorio...

—No, no, nada de querer forzarla, Rosita, nada de eso... Pero yo... me parece rejuvenecer... me parezco otro... soy capaz de...

—¿De dotarla?

—Soy capaz de... me sería tan grato, a mi edad... siempre tan solo... tener un hogar... criar una familia... la soltería ya me pesa... me persiguen la jubilación y la vacante...

—La verdad, Emeterio —y a la vez que le suprimió, ¡por primera vez!, el *Don*, se le arrimó más—, me extrañaba eso de que usted se dedicase a ahorrar así una fortuna, no teniendo familia... no lo comprendía...

—Eso dice también Don Hilarión.

—Pero, dígame, Emeterio —y con astuta táctica se le fue arrimando más—, dígame, ¿se le han curado aquellas aprensiones de salud de nuestros buenos tiempos?

Emeterio no sabía ya si soñaba o estaba despierto; se creía trasportado, a redrotiempo, a aquellos tiempos soñados de hacía veintitantos años; todo lo posterior se había desvanecido de su memoria, y hasta la aparición de Clotilde se le desvanecía. Sentía mareo.

—¿Se le han curado aquellas aprensiones de salud, Emeterio?

—Ahora, Rosita, ahora me siento capaz de todo. ¡Y no temo ni..., a la vacante! ¿Por qué dejé, Dios mío, escapar aquella ocasión?

—¿Pero no estoy yo aquí, Emeterio?

—¿Tú, tú, Rosita? ¿Tú?

—Sí, yo... yo...

—Pero...

—Vamos, Emeterio, ¿qué te parezco?

Y fue y se le sentó en las rodillas. Y Emeterio empezó a temblar de júbilo, no de jubilación. Y le echó los brazos por el talle matronal.

—¡Lo que pesas, chiquilla!

—Sí, hay donde agarrar, Emeterio.

—¡Una jamona con chorreras!

—Si cuando nos conocimos hubiera yo sabido lo que sé ahora...

—¡Si lo hubiera sabido yo, Rosita, si lo hubiera sabido yo...!

—¡Ay, Emeterio, Emeterio —y le acariciaba pasándole la palma de la mano por la nariz—, qué tontos éramos entonces...!

—Tú, no tanto, el tonto... yo.

—Cuando mi madre me azuzaba a que te encandilase, y tú tan...

—¡Tan rana!

—Pero ahora...

—¿Ahora qué?

—¿No quieres que reparemos lo pasado?

—¡Pero esto es toda una declaración en regla!

—¡Cabal! Pero no como la del Tenorio, aquel panoli, porque ni es en verso, ni esta es apartada orilla, ni aquí brilla la luna, ni...

—¿Pero y tú hija, Rosita? ¿Y Clotilde?

—Esto va a ser a su salud...

—¡Y a la tuya, Rosita!

—Y a la tuya, Emeterio!

—¡Claro que a la mía!

Y así fue.

Y luego ella, la taimada, le decía tácticamente:

—Mira, rico, te juro que cuando estaba haciendo a Clotilde, en lo que más pensaba era en ti, en ti... Tuve tales antojos de embarazada...

—Y yo te juro que cuando vine acá, tras de Clotilde, venía, aun sin saberlo, tras de ti, tras de ti, Rosita, tras de ti... Era la querencia... o, como creo que decía Martínez, el subcociente...

—¿Y eso con qué se come?, porque nunca le oí hablar de tal cosa...

—No, no es cosa de comer... Aunque para comer y comer bien, tenemos más que bastante con mi fortuna...

—Sí, ¿para comer... los cuatro?

—¿Qué cuatro, Rosita?

—Pues, tú... yo... Clotilde...

—Son tres.

—¡Y... Paquito!

—¿Paquito también? ¡Sea! ¡A la memoria de Martínez!

Y fue tal la alegría de Rosita, señora ya de incierta edad, que se echó a llorar —¿histerismo?—, y Emeterio se abalanzó, con besos en los ojos, a chuparle las lágrimas y relamerse con su dulce amargura. Que no eran, no, lágrimas de cocodrilo.

Y quedó acordado, y sellado entre besos y abrazos, que se casarían los cuatro: Rosita con Emeterio, Clotilde con Paquito, y que vivirían juntos, en doble familia, y que Emeterio dotaría a Clotilde.

—No esperaba menos de ti, Emeterio, y ya verás ahora los años que has de vivir...

—Sí, y con júbilo, aunque jubilado. Y no espero dejarte vacante.

Y se casaron el mismo día, la madre con Emeterio y la hija con Paquito. Y se fueron a vivir juntos los dos matrimonios. Y se jubiló Emeterio. Y fue una doble luna de miel, la una menguante y la otra creciente.

—La nuestra, Rosita —decía Emeterio, en un ataque de melancolía retrospectiva—, no es de miel, sino de cera...

—Bueno, cállate ahora y no pienses tonterías.

—¡Si no hubiese sido tan tonto hace... los años que haga...!

—No seas grosero, Emeterio, y menos ahora.

—Ahora que eres una señora de cierta edad...

—¿Te parezco...?

—Mejor que de moza, ¡créemelo!

—¿Pues entonces?

—¡Ay, Rosita, Rosita de Sarón, estás como nueva...!

—Y dime, Emeterio, ¿se te ha pasado aquello de las charadas...? Porque me daba pena verte con aquello de: "mi primera... mi segunda...mi tercera...".

—¡Cállate, mi todo!

Y mientras la apretaba a su seno, se iba diciendo con los ojos cerrados: Rota... tata... rorro...

tarro... sita... sí...

Y luego:

—Pero dime, tu primer marido, Martínez, el padre de Clotilde...

—-¿Ahora con celos retrospectivos?

—¡Es el subcociente!

—Pues él te estaba muy agradecido, y hasta te admiraba.

—¿Admirarme a mí?

—A ti, sí, a ti. Bien es verdad que yo le hice saber todo lo correcto que fuiste conmigo, y cómo te portaste como todo un caballero...

—¡El caballero fue él, Martínez!

—Y mira, ¿ves este medallón? Aquí llevaba un retrato de Martínez; pero por debajo, tapado por el de él, el tuyo... y ahora, ¿ves?

—Y ahora, debajo del mío estará el del otro, ¿no?

—¿Cuál? ¿El del muerto? ¡Quia! ¡No soy tan romántica!

—Pues yo tengo que enseñarte el calendario que tenía en mi cuarto cuando decidí aquella escapatoria. No arranqué la hoja de aquel día, ya sí lo guardo.

—¿Y ahora piensas ir arrancando sus hojas?

—¿Para qué? ¿Para descifrar las charadas del resto de aquel año fatídico? No, mi todo, no.

—¡Ay, rico mío!

—Rico, ¿eh? ¿Rico? Yo soy un pobre hombre, pero no un pobre hombre... pobre.

—¿Y quién dice eso?

—Me lo digo yo.

Apenas pasada la luna de miel, encontrose un día Emeterio con Celedonio.

—Te encuentro, Emeterio, rejuvenecido. Se ve que te prueba a la salud el matrimonio.

—¡Y tanto, Celedonio, tanto! Esa Rosita es un remedio..., ¡parece imposible! ¡Claro, tantos años viuda!...

—Todo es cuestión de economía, Emeterio; claro que no política, sino de máximos y mínimos. Hay que saber ahorrarse. Cuidado, pues, con que con tu Rosita te derroches y te las líes... Además, esa convivencia con el matrimonio joven... esa Clotilde... ese Paquito...

—¿Quién? ¿Mi yernastro? Es un pobre chico que se ha casado por libertinaje.

—¿Por libertinaje?

—Sí, figúrate que entre sus librejos le encontré

uno titulado: *Manual del perfecto amante.* ¡Manual! ¡Figúrate, manual!

—Sí, estaría mejor prontuario, o epítome, o catecismo...

—¡O cartilla! Pero ¡manual! Te digo que es un tití, un mico...

—Sí, un cuadrumano, quieres decir. Pues esos son los peligrosos. Recuerdo una vez que iba yo de viaje con una parejita de recién casados que no hacían sino aprovechar los túneles, y como se propasaran en eso de arrullarse y arrumacarse a mis narices, les llamé discretamente la atención, ¿y sabes con qué me salió la mocosa? Pues con un: "¿Qué? ¿Le damos dentera, abuelito?".

—Y tú ¿qué le dijiste?

—¿Yo? Yo le dije: "¿Dentera? ¿Dentera a mí? Hace años ya, mocita, que gasto dentadura postiza, y de noche la pongo a remojo en un vaso de agua aséptica". Y se calló. Conque... ¡cuida de tu salud!

—Quienes me la cuidan son ellos, los tres. Mira, hace poco tuve que guardar cama con un fuerte catarro, ¡y si vieras con qué mimo me traía los ponches calientes Clotildita! ¡Es un encanto! Y luego, ¿sabes? Clotildita tiene una habilidad que parece ha heredado de Doña Tomasa, su abuela materna, mi patrona que fue, y es que silba que ni un canario. Doña Tomasa también silbaba, sobre todo cuando se ponía a freír huevos, pero su nieta no la llegó a conocer —se murió antes de nacer esta—, y como Rosita no ha sabido jamás silbar, que yo sepa, ¿de dónde adquirió Clotildita esa habilidad con que silba las últimas cancioncillas de las zarzuelas? ¡Misterios de la naturaleza femenina!

—Eso, Emeterio, debe de tener que ver con la serpiente de la caída o mejor tirada del paraíso...

—Y lo curioso, Celedonio, es que fuera de eso usa siempre palabras de simple sentido, y no tiene recámara alguna...

—Que te crees tú eso, Emeterio...

—Sí; es, aparte lo físico, completamente Martínez.

—Sí, su metafísica es paternal, martineziana. Pero ¿y no hay entre las dos parejas competencia?

—¡Quia! Y los sábados vamos los cuatro al teatro, y nada de drama. A Rosita y a Clotilde les gusta lo de reír: comedias, astracanadas, y a nosotros, a mí y a Paquito, nos gusta que se rían. Y no les asusta, ¡claro!, que el chiste sea picante, y como yo no veo mal en ello...

—Al contrario, Emeterio —y al decirlo se puso Celedonio más serio que un catedrático de estética—. Al contrario; la risa lo purifica todo. No hay chiste inmoral, porque si es inmoral no es chistoso; solo es inmoral el vicio triste, y la virtud triste también. La risa está indicada para los estreñidos, los misantrópicos; es mejor que el agua de Carabaña. Es la virtud purgativa del arte, la catarsis, que dijo Aristóteles, o Aristófanes o quien lo dijera. ¿Y he dicho algo, Emeterio?

—Sí, Celedonio, sí; hay que cultivar el sentimiento cómico de la vida, diga lo que quiera ese Unamuno.

—Sí, Emeterio, y hay que cultivar hasta la pornografía metafísica, que no es, ¡claro está!, la metafísica pornográfica...

—Pero ¡si toda metafísica es pornográfica, Celedonio!

—Yo, por mi parte, Emeterio, he empezado ya a escribir una disertación apologético-exegético-místico-metafísica sobre el rejo de Rahab, la golfa que figura en el abolengo de San José bendito. Y te hago gracia de las citas bíblicas, con eso de capítulo y versillo, porque yo no soy, gracias a Dios, Unamuno.

—Pues mira, Celedonio, esto que me dices de estar escribiendo esa disertación me recuerda que hablando con Rosita de Martínez me ha dicho que se puso este a escribir una novela en que, cambiados los nombres, salíamos ella, Rosita, y yo y la casa de huéspedes de Doña Tomasa, pero que ella, Rosita, no se la dejó publicar. "Que la escribiera, bien —me decía—, si así le divertía, pero ¿publicarla?". "¿Y por qué no —le digo yo—, si así se han de divertir otros leyéndola?". ¿No te parece?

—Tienes razón en eso, Emeterio, mucha razón. Y, sobre todo, cultivemos, como decías muy bien antes, el sentimiento cómico de la vida, sin pensar en vacantes. Porque ya sabes aquel viejo y acreditado aforismo metafísico: ¡de este mundo sacarás lo que metas, y no más!

Y se separaron corroborados en su amor a la vida que pasa, y mejores, más optimistas que antes. Si es que sabemos qué sea eso de optimismo. Y qué sea lo de júbilo y tristeza, y lo de metafísica y lo de pornografía. ¡Camelos de críticos!

Un día Rosita se le acercó con cierta misteriosa sonrisa a Emeterio, y abrazándole le dijo al oído:

—¿Sabes, rico, una noticia? ¿Un acertijo?

—¿Qué?

—Adivina, adivinaja, ¿quién puso el huevo en la paja?

—¿Y quién puso la paja en el huevo, Rosita?

—Bueno, no te me vengas con mandangas, y contesta. ¿Sabes el acertijo? ¿Lo sabes? Sí, o no, como Cristo nos enseña…

—No, ¡sopitas!, ¡sopitas!

—Pues que vamos a tener un nietito…

—¿Nietito? ¡Tuyo! ¡Mío será nietastrito!

—Bueno, no seas roñoso.

—No, no, a mí me gusta propiedad en la lengua. El hijo de la hijastra, nietastrito.

—Y el hijastro de la hija, ¿cómo?

—Tienes razón, Rosita... Y luego dirán que es rica esta pobre lengua nuestra castellana-rica lengua... rica lengua... ¡Sí, las mollejas!

—Qué cosas se te han ocurrido siempre, Emeterio!...

—Y a ti, ¡qué cosas te han ocurrido!

Y Emeterio se quedó pensando, al ver a Paquito: "¿Y este, el hijo político de mi mujer, qué es mío? ¿Hijastro político? ¿O hijo politicastro? ¿O hijastro politicastro? ¡Qué lío!".

Y vino al mundo el nietastrito, y Emeterio se volvió aún más chocho.

—No sabes el cariño que le voy tomando —le decía a Celedonio—. El me heredará, él será mi heredero universal y único, el de mi dinero, se entiende, y en cambio me moriré con la satisfacción de no haberle trasmitido ninguna tara física y de que así no heredará nada de esta simplicidad que ha sido mi vida. Y cuidaré de que no se aficione a descifrar charadas.

—Y Clotilde, ¡claro!, con eso de ser madre, habrá mejorado.

—Está espléndida, Celedonio, te digo que espléndida, más llamativa que nunca. ¡Pero para mí sigue siendo un mírame y no me toques!

—Y te consuelas con un tócame y no me mires.

—No tanto, Celedonio, no tanto.

—¡Bah! Lo seguro es atenerse a lo de Santo Tomás

Apóstol, y vuelvo a hacerte gracia de la cita: "¡Tocar y creer!".

—Con Clotilde, Celedonio, me basta con ver. Y ver que es una joya, como dice su madre; es su madre mejorada.

—Vamos, sí, mejor montada. Pero entonces consuélate, porque si llegas a casarte a tiempo con Rosita, Clotilde no habría salido como salió.

—Sí, a menudo me pongo a pensar cómo habría sido Clotilde si hubiese sido yo su padre verdadero...

—¡Bah!, acaso pasó a ella lo mejor tuyo, la idea que de ti tenía Rosita...

—Eso me lo dice esta, y más ahora, que estoy reducido a idea... ¡Pero el nietastrito no es idea!

—Y el nietastrito se debe a ti, a tu generosidad, porque tú eres el que casaste a Paquito y Clotilde. ¿Te acuerdas cuando hablábamos de tu vocación para el oficio necesarísimo en la república bien organizada?...

—¡Que si me acuerdo...!

—Y tú, siguiendo por tu vocación celestinesca a la parejita de Clotilde y Paquito, hiciste de Celestino de ti mismo. ¡Admirables son los caminos de la Providencia!

— Sí, y cuando empezaba a cansarme del camino de la vida.

—Tú le serviste a Rosita para que pescara a Martínez, el predestinado, quien sin ti no habría picado, y Martínez le ha servido a ella misma, haciéndole a Clotilde, para que te haya pescado ahora a ti...

—¿Y si Martínez no se muere?

—Me da el corazón que habría acabado ella pescándote lo mismo.

—Pero entonces...

—Sí, es más decentemente moral que se la pegue al muerto... Y así ha resuelto el problema de su vida.

—¿Cuál?

—¡Otra! ¡El de pegársela a alguien! Y tú el de la tuya.

—¿Y cuál es el problema de mi vida, Celedonio?

—El aburrimiento de la soledad ahorrativa, por no querer hacer el primo, por temor a que se la peguen a uno.

—Es verdad..., es verdad...

—Y es que el solitario, el aburrido, da en hacer solitarios, ¿me entiendes?, y esto acaba por imbecilizar. Y el remedio es hacer solitarios en compañía...

—¡Hombre, te diré!... Ahora, después de cenar nos solemos poner Rosita y yo, junto al brasero, a jugar al tute...

—¿No te lo decía, Emeterio, no te lo decía? ¿Lo ves? Y te hace trampas, ¿no es eso? ¿Para fallarte las cuarenta?

—Alguna vez...

—¿Y a ti te divierte que te las haga, y te ríes, como si te hicieran cosquillas, de que te las fallen? ¿Y te dejas engañar? ¿Te dejas que te la pegue? Pues esa es toda la filosofía del sentimiento cómico de la vida. De los chistes que se hacen en las comedias a cuenta de los cornudos nadie se ríe más que los cornudos mismos cuando son filosóficos, heroicos. ¿Gozar en sentirse ridículo? ¡Placer divino reírse de los reidores de uno!...

—Sí, ya se dice aquello de: "Que no me la pegue mi mujer; si me la pega, que yo no lo sepa, y si lo sé que no me importe...".

—Eso, Emeterio, es mezquino y triste. Hay que elevarse más, y es: "Y si ella goza en pegármela, yo, por amor a ella, darle ese gozo...".

—Pero...

—Y aun hay otro grado mayor de elevación, y es el de hacerse espectáculo para que el mundo se divierta...

—Pero yo, Celedonio...

—No, tú, Emeterio, no te has elevado a esas cumbres de excelsitud, aunque has cumplido como bueno. Y ahora sigue jugando al tute, pero sin arriesgar nada, desinteresadamente, que en el desinterés está el chiste... Y en el chiste está la vida.

—Bueno, basta, que esos conceptos me hurgan en el bulbo raquídeo.

—Pues ráscate el cogote, y así se te irá la caspa.

Y ahora, mis lectores, los que han leído antes mi *Amor y Pedagogía* y mi *Niebla* y mis otras novelas y cuentos, recordando que todos los protagonistas de ellos, los que me han hecho, se murieron o se mataron —y un jesuita ha llegado a decir que soy un inductor al suicidio—, se preguntarán cómo acabó Emeterio Alfonso. Pero estos hombres así, a lo Emeterio Alfonso —o Don Emeterio de Alfonso— no se matan ni se mueren, son inmortales, o más bien resucitan en cadena. Y confío, lectores, en que mi Emeterio Alfonso será inmortal.

Salamanca, diciembre 1930.

Índice

www.ingramcontent.com/pod-product-compliance
Lightning Source LLC
Chambersburg PA
CBHW050459110726
47899CB00003B/1007